RIQUI RIQUI RIQUI RAN

canciones para jugar y bailar

ILUSTRACIONES DE DAVID MÁRQUEZ

EDICIONES EKARÉ

A Morella Fuenmayor

A Jorge Ale, que vino como arrullo
de una canción de cuna

Índice

La cucaracha

La cucaracha, la cucaracha,
ya no puede caminar
porque no tiene, porque le falta
la patica principal. (Bis)

Ya murió la cucaracha,
ya la llevan a enterrar
entre cuatro zopilotes
y un ratón de sacristán. (Bis)

La cu-ca - ra-cha, la cu-ca - ra-cha, ya no pue-de ca-mi - nar por-que no

tie-ne, por-que le   fal - ta   la pa-ti-ca prin-ci - pal.

Ya mu-rió la cu-ca - ra-cha,   ya la tra-en a_en-te - rrar

en-tre cua-tro zo-pi - lo - tes   y_un ra-tón de sa-cris - tán.

Riqui riqui, riqui ran

Riqui riqui, riqui ran,
los maderos de San Juan,
comen queso, comen pan,
los de Rique alfeñique,
los de Roque alfandoque,
riqui riqui, riqui ran.

Allegretto

Ri - qui ri - qui, ri - qui ran, los ma - de - ros de San
Juan, co - men que - so, co - men pan, los de Ri - que al - fe -
ñi - que, los de Ro - que al - fan - do - que, ri - qui ri - qui, ri - qui ran.

Cucú, cantaba la rana

Cucú, cucú, cantaba la rana,
cucú, cucú, debajo del agua. (Bis)
Cucú, cucú, pasó un caballero,
cucú, cucú, de capa y sombrero,
cucú, cucú, pasó una señora,
cucú, cucú, con falda de cola.

Cucú, cucú, cantaba la rana,
cucú, cucú, debajo del agua. (Bis)
Cucú, cucú, pasó un marinero,
cucú, cucú, vendiendo romero,
cucú, cucú, le pidió un ramito,
cucú, cucú, no le quiso dar.

Cucú, cucú, cantaba la rana,
cucú, cucú, debajo del agua. (Bis)

N.B.: Las plicas hacia abajo en el compás 7 son para finalizar.
En ese momento debe armonizarse con un acorde de Sol⁷

Repetición con la siguiente letra y D.C.

El periquito

¿Dónde estabas tú, periquito?
— En el botiquín.
¿Y qué hacías tú, periquito?
— Tocando violín.

¿Cómo lo tocabas, perico?
"Juiqui, juiqui, juin,
juiqui, juiqui, juiqui,
juiqui, juiqui, juin".

Allegretto

¿Dón-de_es-ta-bas tú, pe-ri-qui-to? En el bo-ti-quín.

¿Y_qué_ha-cí-as tú, pe-ri-qui-to? To-can-do vio-lín.

¿Có-mo lo to-ca-bas, pe-ri-co? "Jui-qui, jui-qui, juin,

jui-qui, jui-qui, jui-qui, jui-qui, jui-qui, juin".

La Pájara Pinta

Estaba la Pájara Pinta
sentada en su verde limón,
con el pico picaba la hoja,
con la hoja picaba la flor.

Ay, ay, ay, ay…
¿cuándo vendrá mi amor?

Me arrodillo a los pies de mi amante
y le juro ser fiel y constante.
Dame una mano, dame la otra,
dame un besito sobre la boca.

Moderato

Es-ta-ba la pá-ja-ra pin-ta sen-ta-da en el ver-de li-món, con el pi-co pi-ca-ba la ho-ja con la ho-ja pi-ca-ba la flor. Ay, ay, ay, ay... ¿cuán-do ven-drá mi a-mor? Me a-rro-di-llo a los pies de mi a-man-te y le ju-ro ser fiel y cons-tan-te. Da-me u-na ma-no, da-me la o-tra, da-me un be-si-to so-bre la bo-ca.

Estaba el negrito Con

Estaba el negrito Con,
estaba comiendo arroz,
el arroz estaba caliente
y el negrito se quemó.

La culpa la tuvo usted
de lo que le sucedió,
por no darle cucharilla,
cuchillo ni tenedor.

Andante

Es - ta-ba el ne-gri-to - Con, es - ta-ba co-mien-do a - rroz, el a-

rroz es - ta-ba ca - lien-te y el ne - gri - to se que - mó.

Con la segunda esfrofa

15

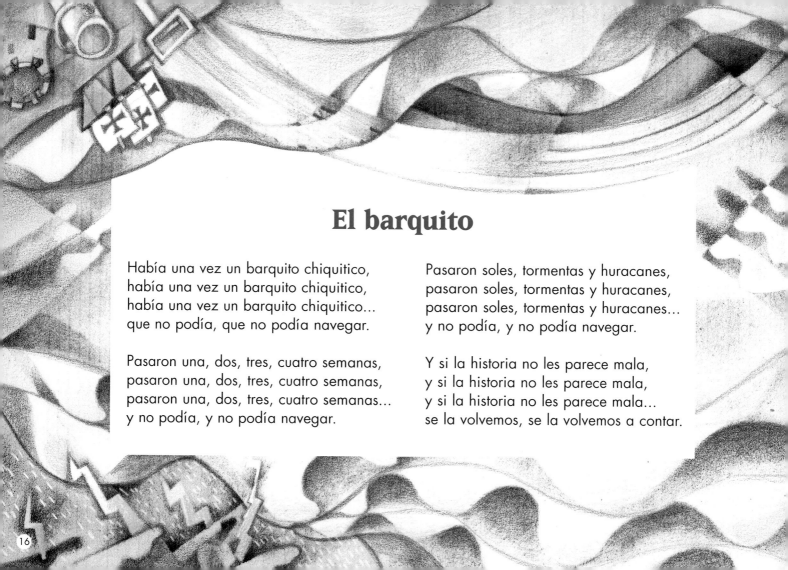

El barquito

Había una vez un barquito chiquitico,
había una vez un barquito chiquitico,
había una vez un barquito chiquitico...
que no podía, que no podía navegar.

Pasaron una, dos, tres, cuatro semanas,
pasaron una, dos, tres, cuatro semanas,
pasaron una, dos, tres, cuatro semanas...
y no podía, y no podía navegar.

Pasaron soles, tormentas y huracanes,
pasaron soles, tormentas y huracanes,
pasaron soles, tormentas y huracanes...
y no podía, y no podía navegar.

Y si la historia no les parece mala,
y si la historia no les parece mala,
y si la historia no les parece mala...
se la volvemos, se la volvemos a contar.

Allegretto

Había una vez un barquito chiquitico,
habíaa una vez un barquito chiquitico,
habíaa una vez un barquito chiquitico...
que no podía, que no podía navegar.

Con las demás estrofas

17

Naranja dulce

Naranja dulce,
limón partido,
dame un abrazo
que yo te pido.

Si fuera falso
mi juramento,
en poco tiempo
se olvidará.

Toca la marcha,
mi pecho llora,
adios, señora,
yo ya me voy.

A mi casita
yo solo voy,
a traer naranjas
y no les doy.

Poco allegro

Na-ran-ja dul-ce, li-món par - ti-do, da-me_un a - bra-zo que yo te
pi-do. Si fue-ra fal-so mi ju-ra - men-to, en po-co tiem-po se_ol-vi-da-
rá. To-ca la mar-cha, mi pe-cho llo-ra, a-diós, se - ño-ra, yo ya me
voy. A mi ca - si-ta yo so-lo voy, a traer na - ran-jas y no les doy.

Alé limón

Alé limón, alé limón,
el puente está caído.

Alé limón, alé limón,
mándalo a componer.

Alé limón, alé limón,
¿Con qué dinero?

Alé limón, alé limón,
con cáscara de huevo.

Sol y lunita déjenme pasar
con todos mis hijitos
a la capital.

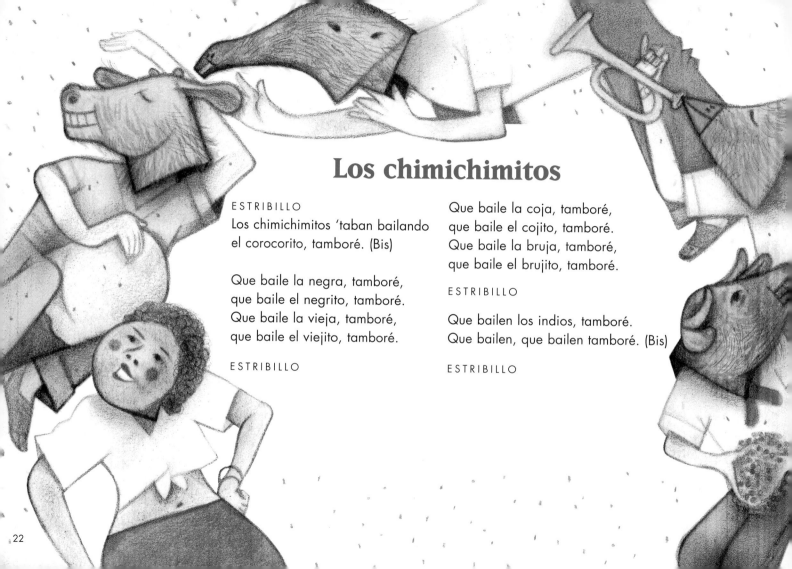

Los chimichimitos

ESTRIBILLO

Los chimichimitos 'taban bailando
el corocorito, tamboré. (Bis)

Que baile la negra, tamboré,
que baile el negrito, tamboré.
Que baile la vieja, tamboré,
que baile el viejito, tamboré.

ESTRIBILLO

Que baile la coja, tamboré,
que baile el cojito, tamboré.
Que baile la bruja, tamboré,
que baile el brujito, tamboré.

ESTRIBILLO

Que bailen los indios, tamboré.
Que bailen, que bailen tamboré. (Bis)

ESTRIBILLO

Moderato

Los chi - mi - chi - mi - tos 'ta - ban bai - lan - do el
co - ro co - ri - to, tam - bo - ré. Los tam - bo - ré. Que
bai - le la ne - gra, tam - bo - ré, que bai - le el ne - gri - to, tam - bo - ré. Que
bai - le la vie - ja, tam - bo - ré, que bai - le el vie - ji - to, tam - bo - ré.

Con las demás estrofas

23

Maquiní surcí

Maquiní surcí,
maquiní surzá,
dame la sortija,
dame la sortija
que en tu mano está.

Aquí la perdí,
aquí la he de hallar
y si no la hallare,
y si no la hallare,
en tu mano está.

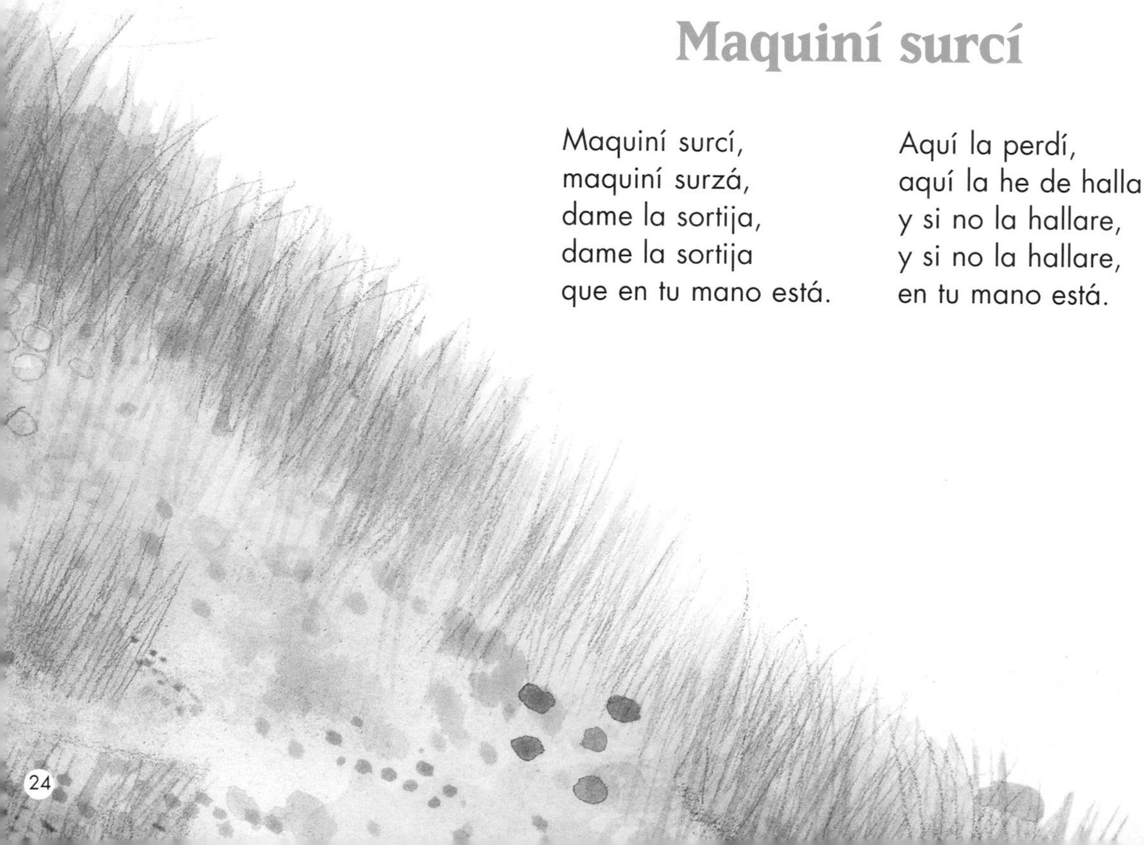

Moderato

Ma-qui-ní sur - cí,   ma-qui-ní sur - zá,

da-me la sor - ti-ja, da-me la sor - ti-ja que en tu ma-no es - tá.

D.C. *Con la segunda estrofa*

Doñana

Vamos a la huerta
del Tontoronjil
a ver a Doñana
cortar el perejil.

Doñana no está aquí,
ella está en su vergel
abriendo la rosa
y cerrando el clavel.

¿Quién es esa gente
que pasa por ahí,
que de día ni de noche
me dejan dormir?

Somos estudiantes
que venimos a estudiar
a la capillita
de la Virgen del Pilar.

Allegro

Re — Sol5 — Re — Si7/3 — mi — La7 — Re

Va-mos a la huer-ta del Ton to-ron-jil a ver a Do-ña-na cor-tar el pe-re-jil. Do-

Sol5 — Re — Mi — La — Re — Sol5 — Re

ña-na no_es-tá_a-quí, e-lla_es tá_en su ver-gel a-brien-do la ro-sa_y ce-rran-do el cla-vel.

Sol5 — Re — Si7/3 — mi — La7 — Re

¿Quién es e-sa gen-te que pasa por a-hí, que de dí-a ni de no-che me de-jan dor-mir?

Sol5 — Re — mi — Re — La — La7 — Re

So-mos es-tu-dian-tes que ve-nimos a_es-tu-diar a la ca-pi-lli-ta de la Virgen del Pi-lar.

Mariamoñito

Maríamoñito me convidó
a comer plátano con arroz.
Como no quise su mazacote,
Maríamoñito se disgustó.

Petrona Concha Natividá
come chorizo sin cociná,
chupa bagazo como cochino,
y come ají sin estornudá.

Allegro

Sol ... **Do**

Ma - ría - mo - ñi - to me con - vi - dó a co - mer

Re⁷ ... **Sol**

plá - ta - no con a - rroz. Co - mo no qui - se su ma - za -

Do ... **Re⁷** ... **Sol** D.C.

co - te, Ma - ría - mo - ñi - to se dis - gus - tó.

Con la segunda estrófa

Con real y medio

Con real y medio,
con real y medio,
con real y medio
compré una pava.

La pava tuvo un pavito,
tengo la pava,
tengo el pavito,
y siempre me queda
mi real y medio.

Con real y medio,
con real y medio,
con real y medio
compré una gata.

La gata tuvo un gatico
tengo la gata,
tengo el gatico,
tengo la pava,
tengo el pavito,
y siempre me queda
mi real y medio.

Con real y medio,
con real y medio,
con real y medio
compré una mona…
una lora… una vaca…
una burra…

Allegro

Con real y me-dio, con real y me-dio, con real y me-dio com-pre u-na

pa-va. La pa-va tu-vo un pa-vi-to, ten-go la pa-va, ten-go el pa-

vi-to y siem-pre me que-da mi real y me-dio.

D.C.

Con las demás estrofas
* Número de repeticiones según la estrofa.

31

En la mano traigo

En la mano traigo
un clavel morado, (Bis)
si me abres la puerta
yo te lo regalo. (Bis)

De allá abajo vengo
recogiendo flores, (Bis)
para hacer un ramo
de bellos colores. (Bis)

De allá abajo vengo
siguiendo una estrella, (Bis)
para que el maestro
se alumbre con ella. (Bis)

Esta casa es grande
tiene cuatro esquinas (Bis)
y en el centro tiene
rosa y clavellina. (Bis)

Allegro

En la ma-no trai-go un cla-vel mo - ra-do,   ra - do,

si me_a-bres la puer-ta   yo te lo   re-ga-lo,

si me_a-bres la puer-ta   yo te lo   re-ga-lo.

Con las demás estrofas

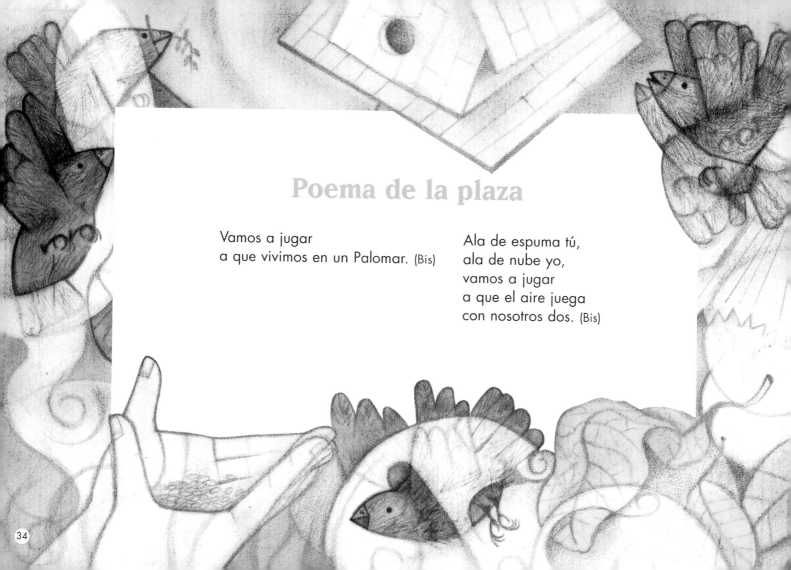

Poema de la plaza

Vamos a jugar
a que vivimos en un Palomar. (Bis)

Ala de espuma tú,
ala de nube yo,
vamos a jugar
a que el aire juega
con nosotros dos. (Bis)

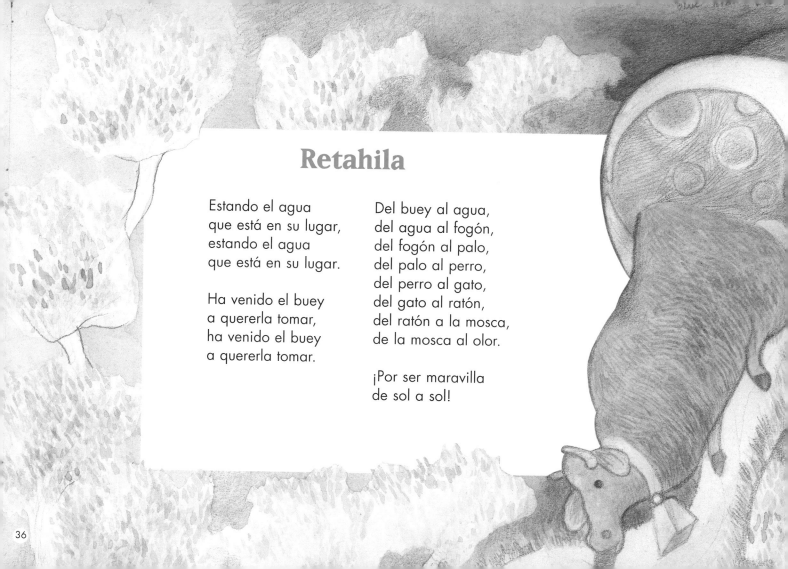

Retahila

Estando el agua
que está en su lugar,
estando el agua
que está en su lugar.

Ha venido el buey
a quererla tomar,
ha venido el buey
a quererla tomar.

Del buey al agua,
del agua al fogón,
del fogón al palo,
del palo al perro,
del perro al gato,
del gato al ratón,
del ratón a la mosca,
de la mosca al olor.

¡Por ser maravilla
de sol a sol!

Presto

Es - tan - do el a - gua que_es - tá_en su lu - gar, es -

tan - do el a - gua que_es - tá_en su lu - gar. Ha ve - ni - do el

buey a que - rer - la to - mar, ha ve - mar. Del buey al a - gua, del...

lor. ¡Por ser ma - ra - vi - lla de sol a sol!

Palomita blanca

Palomita blanca,
copetico azul,
llévame en tus alas
a ver a Jesús.

Ay mi palomita,
a quien yo adoré,
viéndose con alas
me besó y se fue.

Me encontré un pastor
y le pregunté:
— ¿Y a mi palomita,
no la ha visto usted?

El me contestó,
con mucho dolor:
— A su palomita
no la he visto yo.

Me subí a una torre
a verla pasar,
como no pasaba
me puse a llorar.

El cocherito

El cocherito, leré,
me dijo anoche, leré,
si yo quería, leré,
pasear en coche, leré.

Y yo le dije, leré,
con gran salero, leré:
"No quiero en coche, leré,
porque mareo, leré".

41

Tilingo, tilingo

Tilingo, tilingo,
mañana domingo
se casa lapita con un burriquito.
¿Quién es la madrina?
— Juana Catalina.
¿Quién es el padrino?
— Don Juan Barrigón.
El que hable primero se traga un tapón,
más grande que el morro
de la Concepción.

Arroz con leche

Arroz con leche
me quiero casar
con una viudita
de la capital.

Que sepa coser,
que sepa bordar,
que ponga la mesa
en su santo lugar.

Yo soy la viudita,
la hija del rey,
me quiero casar
y no hallo con quien.

Contigo sí,
contigo no,
contigo, mi vida,
me casaré yo.

Tengo una muñeca

Tengo una muñeca
vestida de azul
con su camisita
y su canesú.

La llevé a paseo,
se me resfrió,
la metí en la cama
con mucho dolor.

A la mañanita
la llevé al doctor:
"Que la cuide mucho",
me dijo el señor.

Dos y dos son cuatro,
cuatro y dos son seis,
seis y dos son ocho
y ocho dieciseis...

Andante

Re / Re₃ Sol Re

Ten - go u - na mu - ñe - ca ves - ti - da de a - zul

Sol mi Re La⁷ Re D.C.

con su ca - mi - si - ta y su ca - ne - sú.

Con las demás estrofas

47

A la víbora de la mar

A la víbora, víbora de la mar,
por aquí pueden pasar,
los de alante corren mucho
y los de atrás se quedarán, se quedarán, se quedarán…

Al pasar la barca

Al pasar la barca
me dijo el barquero:
"Las niñas bonitas
no pagan dinero."

Yo no soy bonita
ni lo quiero ser,
yo pago dinero
como otra mujer.

La volví a pasar
me volvió a decir:
"Las niñas bonitas
no pagan aquí."

Arriba la barca,
abajo el barquero,
las niñas bonitas
no pagan dinero.

Que llueva, que llueva

Que llueva,
que llueva,
la Virgen de la cueva,
los pajaritos cantan,
las nubes se levantan,
que sí,
que no,
que caiga un chaparrón.

Allegro

Que llue - va, que llue - va, la Vir - gen de la cue - va, los
pa - ja - ri - tos can - tan, las nu - bes se le - van - tan, que
sí, que no, que cai - ga un cha - pa - rrón.

La perica

Cuando la perica quiere
que el perico vaya a misa
se levanta muy temprano
y le plancha la camisa. (Bis)

ESTRIBILLO

¡Ay, mi perico, dame la pata,
para ponerte las alpargatas!
¡Ay, mi perico, ven acá, dame la pata,
para ponerte las alpargatas!

Cuando la perica quiere
que el perico la enamore,
se acomoda en la pechuga
un collar de cundeamores. (Bis)

ESTRIBILLO

Cuando la perica quiere
que la bese su perico
coquetona abre las alas,
se adormece y abre el pico. (Bis)

ESTRIBILLO

Presto

Cuan-do la pe-ri-ca quie-re que_el pe-ri-co va-ya_a mi-sa se le-van-ta muy tem-pra-no y le plan-cha la ca-mi-sa. ¡Ay, mi pe-ri-co, da-me la pa-ta, pa-ra po-ner-te las al-par-ga-tas! ¡Ay, mi pe-ri-co, ven a-cá, da-me la pa-ta, pa-ra po-ner-te las al-par-ga-tas.

Con las demás estrofas

55

Los pollos de mi cazuela

Los pollos de mi cazuela
no sirven para comer
sino para la viudita
que los sabe componer.

Se les echa ají y cebolla
y hojitas de laurel,
se sacan de la cazuela
cuando se van a comer.

Componte, niña, componte,
que allá viene un caballero
con ese bonito traje
que parece un marinero.

Andante

Sol ... Re

Los po-llos de mi ca - zue-la - no sir-ven pa-ra co — mer si-

Re⁷ Sol D.C.

no pa-ra la viu - di -ta que los sa - be com-po — ner.

Con las demás estrofas

57

En coche va una niña

En coche va una niña, carabí,
en coche va una niña, carabí,
hija de un capitán, carabirurí, carabirurá.

¡Qué hermoso pelo tiene, carabí!
¡Qué hermoso pelo tiene, carabí!
¿Quién se lo peinará?, carabirurí, carabirurá.

La peinará la reina, carabí,
la peinará la reina, carabí,
con mucha suavidad, carabirurí, carabirurá.

Con peinecito de oro, carabí,
con peinecito de oro, carabí,
y horquillas de cristal, carabirurí, carabirurá.

Allegretto

En co-che va_u-na ni-ña, ca-ra-bí, hi-
ja de_un ca-pi-tán, ca-ra-bí-ru-rí, ca-ra-bi-ru-rá.

Con las demás estrofas

Ambó, ató, matarile, rile rile

Ambó, ató, matarile, rile rile.
Ambó, ató, matarile, rile ron.

Yo tengo un castillo,
matarile, rile rile.
Yo tengo un castillo,
matarile, rile ron.

Donde están las llaves,
matarile, rile rile.
Dónde están las llaves,
matarile, rile ron.

En el fondo del mar,
matarile, rile rile.
En el fondo del mar,
matarile, rile ron.

Quién las irá a buscar,
matarile, rile rile.
Quién las irá a buscar,
matarile, rile ron.

Irá *Elenita*,
matarile, rile rile.
Irá *Elenita*,
matarile, rile ron.

Qué oficio le pondrán,
matarile, rile rile.
Qué oficio le pondrán,
matarile, rile ron.

Le pondremos *bailarina*,
matarile, rile rile.
Le pondremos *bailarina*,
matarile, rile ron.

Ese oficio sí me gusta,
matarile, rile rile.
Ese oficio sí me gusta,
matarile, rile ron.

Don Ramón

Don Ramón tenía una camarita
de esas que llaman "Montes de Oca";
un día se la fue a poner
y se le desprendió la copa.

ESTRIBILLO
Las muchachas se reían
de este viejo Don Ramón,
porque tenía los zapatos
sin puntera y sin tacón.

Don Ramón tenía un paltó-levita
de paño azul, bien ribeteado;
un día lo fue a cepillar
y lo encontró deshilachado.

ESTRIBILLO

Don Ramón paseaba por el barrio
con una flor en la solapa;
pero una tarde los muchachos
se la quitaron, en cayapa.

ESTRIBILLO

Pico pico

Pico pico Solorico,
¿quién te dió tamaño pico?
La gallina, la jabada,
puso un huevo en la quebrada.

Puso uno, puso dos, puso tres, puso cuatro,
puso cinco, puso seis, puso siete, puso ocho.

Un elefante se balanceaba

Un elefante se balanceaba
sobre la tela de una araña,
como veía que resistía
fue a llamar a otro elefante.

Dos elefantes se balanceaban
sobre la tela de una araña,
como veían que resistía
fueron a llamar a otro elefante.

Tres elefantes... Cuatro elefantes...

67

Entre notas y acordes

Las canciones infantiles tienen siglos viajando a lo largo y ancho de los países de habla hispana. En cada país queda una versión particular, siempre acorde con la tradición del lugar y en sintonía con el momento en que hacen su parada respectiva. Al igual que pasa en nuestra sociedad, la cultura indígena, la cultura europea y la cultura africana se encuentran –y se dan la mano– en la música infantil americana.

Aprendemos a hablar y luego a escribir. Del mismo modo, las canciones infantiles se inventan primero y se escriben (si es que llegan a escribirse) mucho después. Es por eso que podríamos notar diferencias entre las versiones que conocemos –o que conocen nuestros padres y abuelos– y las que están en este cancionero. Aquí hemos anotado las melodías con cuidado y sencillez, de manera que puedan aprenderse fácilmente. Una vez conocidas podremos jugar con ellas y modificarlas a nuestro gusto.

Las canciones infantiles tienen melodías y ritmos fáciles de aprender que se pueden cantar sin acompañamiento, palmeando el ritmo o añadiendo uno o más instrumentos a las voces. Muchas canciones tienen una sola sección –es decir, que se cantan de arriba abajo–, otras tienen lo que se suele llamar estribillo, el cual se alterna con las estrofas. En alguna ocasión hay que volver al inicio y cantar hasta donde esté indicado el fin; a eso se le llama "Da Capo" que quiere decir volver a la cabeza.

Aquellos que sepan tocar acordes en el cuatro, guitarra, piano, arpa, órgano u otro instrumento pueden acompañar las canciones con el cifrado incluido: los acordes mayores van con mayúscula (La), los menores con minúscula (la). Los acordes de séptima se escriben con la cifra encima del acorde (La^7). Aquellos que sepan digitar inversiones podrán hacerlo donde aparezca un número debajo del acorde (La$_3$, Si$^7_3$).

Muchos clásicos de la música infantil incluyen bailes, juegos de palabras, retahílas y repeticiones. Canciones como *Un elefante se balanceaba* o *Con real y medio* admiten la aparición, respectivamente, de números y animales adicionales que invitan a jugar y cantar sin límites. *El Barquito y A la víbora de la mar* permiten numerosas repeticiones para acentuar el sentido de la historia y la intensidad del juego. Varias versiones del final de *Que llueva* suelen añadir cierta picardía a esta canción. En la divertida *Ambó, ató, matarile, rile rile* (canción madre de muchas versiones) se pueden cambiar los oficios propuestos y los nombres de quienes responden en la ronda: una vez conocida la melodía y la estructura, la canción podrá personalizarse al grupo de niños que esté jugando y cantando. Finalmente, canciones como *Estaba el negrito Con, Arroz con leche* o *Tilingo, tilingo* pueden cantarse en forma de pregunta y respuesta entre dos o más niños.

Riqui Riqui, Riqui Ran, un cancionero con infinitas posibilidades para que solos o acompañados, aquí o allá, sigamos la música de este libro para jugar, cantar y bailar sin parar.

B.D.S.

EDICIONES
ekaré

Edición a cargo de María Francisca Mayobre
Dirección de Arte y diseño: Ana C. Palmero

Idea original: Magaly Pimentel
Edición musical y comentarios: Bartolomé Díaz Sahagún

© 2005 Ediciones Ekaré
© 2005 David Márquez, Ilustraciones

Primera edición, 2005

Edif. Banco del Libro, Av. Luis Roche,
Altamira Sur. Caracas 1062, Venezuela
www.ekare.com

La publicación de este libro ha sido posible gracias a un aporte de **cantv**